Colección libros para soñar®

© del texto: Pilar Hurtado, 2022
Derechos acordados a través de VLP Agency

© de las ilustraciones: Luisa Rivera, 2022

© de esta edición: Kalandraka Editora, 2022

Rúa de Pastor Díaz, n.º 1, 4.º B - 36001 - Pontevedra
Tel.: 986 860 276
editora@kalandraka.com
www.kalandraka.com

Impreso en Gráficas Anduriña, Poio
Primera edición: octubre, 2022
ISBN: 978-84-1343-172-7
DL: PO 517-2022
Reservados todos los derechos

El comedor de la abuela

PILAR HURTADO LUISA RIVERA

kalandraka

Nueve sillas heredó mi abuela. Habían sido de la madre de su madre, y todos en la familia nos sentábamos allí, en su comedor, a disfrutar de los manjares que sus manos preparaban cada domingo.

Nosotros, los más pequeños, comíamos en la mesa del pellejo, al lado de la ventana, y no sobre las famosas sillas rojas. Hasta que no teníamos 15 años, debíamos almorzar sentados en las duras banquetas que rodeaban la mesa de los niños.

Para desgracia de nuestro gusto infantil, en la mesa del pellejo se comía lo mismo que en la de los grandes, pero entonces no sabíamos apreciarlo. Llegaban las ostras y los erizos, y nos daban ganas de vomitar.
La *mousse de café*, favorita de la abuela, tampoco nos gustaba.

Durante los almuerzos dominicales, yo me dedicaba a observar a los adultos.
Siempre me intrigaron sus caras de placidez y felicidad,
sus ojos cerrados y sus espaldas relajadas en las sillas.
Frente a los guisos de la abuela, pasaba algo extraño que no alcanzábamos a entender.

Cuando cumplí los 15 años, llegó mi turno de pasar a la mesa de los mayores y sentarme por fin en las sillas rojas. Recuerdo que me derretí en el asiento.

De pronto sentí como las patas de la silla comenzaban a despegarse de la alfombra y partí volando sobre la mesa y las cabezas de todos.

Algunas nubes ligeras me rozaban la cara y el viento era tibio
mientras volaba con un rumbo desconocido;
podía sentir también el aleteo de los pájaros, así de cerca pasaban.

No me atrevía a abrir los ojos. Volé largo rato, horas tal vez,
hasta que la silla descendió despacio y posó sus patas en la orilla del mar.

Mis brazos estaban agarrotados y las rodillas tampoco me respondían.
Notaba la arena bajo mis pies,
pues mis zapatos habían quedado debajo de la mesa de la abuela.

Con los ojos aún cerrados, podía escuchar el ruido de las olas, las gaviotas y a unas personas que empujaban sus botes al agua.

Me extrañó que hablaran en francés.
No los entendía, pero sentí el olor a mar y a pescado.

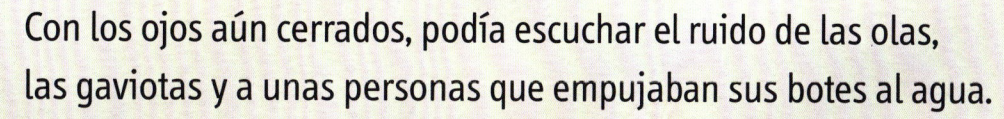

Cuando logré despegar mis párpados, una fuente con *lenguado a la meunière* pasaba frente a mí en el comedor de la abuela.
Mi corazón latía muy rápido, ¡lo sabía, eso era! Esas sillas hacían viajar a las personas.

Más tarde supe las otras historias. Cuando mis primos fueron ocupando sus asientos, cada uno vivió su propia aventura.

Juan Antonio estuvo en Nueva Delhi, su silla se detuvo en un mercado de especias.
Al volver, en la mesa había un aromático *pollo al curry*.

Rosita voló a Verona y regresó con el pelo revuelto.
Frente a ella apareció un plato de *risotto con setas*.

Roberto aterrizó en un puerto del norte del Perú, y a su vuelta el plato del día era una enorme fuente de *ceviche mixto*.

Josefina descendió entre los volcanes y las araucarias del sur de Chile, y al regresar ese domingo, le esperaba un postre de *mote con huesillos.*

Lili llegó hasta el mercado flotante de Mae Klong, en Tailandia, y llenó sus pulmones con los exóticos aromas de las frutas tropicales. Un *pad thai* fue lo primero que vio al volver a casa.

Jaime se elevó y apareció en Puebla, México, volviendo en sí frente a unas *enchiladas*.

Laura contó que su viaje la llevó a las costas del mar Mediterráneo, y abrió sus ojos invitada por el aroma de una *fideuá*.

Y César voló hasta el mercado Kuromon Ichiba, en Osaka.
Al regresar, un humeante plato de *ramen* era el almuerzo ese día.

A la abuela le gustaba experimentar en la cocina, estaba claro.

Dicen que hubo una décima silla
y una prima a la que nunca conocimos.
Quizás esté disfrutando manjares
en algún lugar del mundo.

GLOSARIO

Lenguado a la meunière

El lenguado es un pescado delicioso de carne blanca y en esta preparación se acompaña de la salsa *meunière* (palabra en francés que significa 'a la molinera'), una salsa a base de mantequilla que se derrite en la sartén hasta que se pone de color marrón, y se le agrega perejil y limón.

Curry

El *curry* es una mezcla de especias originaria de la India. Está compuesto por cúrcuma (que le da un color amarillo), cilantro, comino, cardamomo, anís, nuez moscada, semillas de amapola, jengibre, clavo, canela y pimienta o ají para darle un sabor picante. Cada familia prepara el suyo con la proporción de especias que más les guste.
Curry también es el nombre de un plato que se prepara con este condimento, carne y vegetales, o solo con vegetales.

Risotto

Es una receta tradicional de la cocina en Italia.
Su nombre viene de *riso,* que es 'arroz' en italiano.
Es un plato popular del norte del país, en donde este cereal
se cocina en caldo y se remueve constantemente.
El *risotto* nace en la zona de Milán, alrededor de 1570,
durante el Renacimiento, y hoy se conoce en todo el mundo.

Ceviche mixto

El ceviche se prepara con una base de pescado crudo, limón y sal.
Se dice que los antiguos pescadores de la costa norte del Perú
llevaban limones en sus botes y comían así lo que iban pescando.
Hoy existen muchas versiones de este plato. El ceviche mixto
—cebolla, pescado, limón, cilantro y distintos mariscos— es una de ellas.

Pad thai

Es un plato de la cocina tailandesa que se prepara con fideos de arroz salteados en un wok con ingredientes como huevo, salsa de pescado, maní, verduras, brotes de soja, ají, camarones, pollo, o también con tofu en versión vegetariana. El *pad thai* se sirve acompañado de media lima, para agregarle su jugo antes de comerlo.

Mote con huesillos

Es una bebida muy popular en Chile, especialmente en el sur, y se toma helada en verano. Se prepara con mote (grano de trigo hervido y pelado) y huesillos (duraznos secados al sol). Los huesillos se remojan en agua y luego se cocinan con azúcar y especias como canela. Para servirlo, se llena un tercio de un vaso grande y ancho con mote cocido, se agregan los duraznos y se completa el vaso con el líquido resultante de su cocción bien helado. Algunas personas lo consumen también como postre.

Enchiladas

Las tortillas de maíz son una preparación muy antigua heredada de los pueblos precolombinos de América Central. Las enchiladas son un plato típico de México, y la base son estas tortillas de maíz rellenas con guiso de pollo o frijoles, bañadas en salsa de chiles y acompañadas de lechuga, queso y crema ácida. Existen muchísimas variantes del plato, como las enchiladas verdes, las rojas, las potosinas, las enchiladas con mole, etc.

Fideuá

Se trata de un plato de la cocina mediterránea basado en pasta y productos del mar.
Cuenta una leyenda que la fideuá se originó en la cocina de un barco, cuyo capitán era tan glotón que se comía todo el arroz de la paella antes que la tripulación. Entonces el cocinero decidió preparar la receta sustituyendo el arroz por fideos, para evitar que el capitán comiera de más. El resultado tuvo tanto éxito que no solo se lo comió el capitán, sino que se hizo conocido en todo el mundo.
Hay muchas versiones de este plato,
pero la más popular es la fideuá de pescado y marisco.

Ramen

Es un caldo de cerdo, pollo, pescado o vegetales
con fideos de trigo, lonchas de carne, algas y cebollín.
Se sirve en un cuenco al que se le agrega
una especie de salsa muy concentrada
a base de salsa de soja, *miso,* sake o *mirin.*
También puede incluir un huevo cocido con la yema cremosa.